O Reino Secreto

Livro 7

Um obrigada especial para Linda Chapman.

Para Holly Vitow, supereficiente, supertrabalhadora, supertolerante e incrivelmente brilhante. Obrigada!

CIP-BRASIL. CATALOGAÇÃO NA PUBLICAÇÃO
SINDICATO NACIONAL DOS EDITORES DE LIVROS, RJ

B17v
    Banks, Rosie
        O vulcão borbulhante / Rosie Banks ; ilustração Orchard Books ; tradução Monique D'Orazio. - 1. ed. - Barueri, SP : Ciranda Cultural, 2017.
        128 p. : il. ; 20 cm. (O reino secreto)

    Tradução de: Bubble volcano
    ISBN 9788538068310

    1. Ficção infantojuvenil inglesa. I. Books, Orchard. II. D'Orazio, Monique. III. Título. IV. Série.
16-36973
                                                        CDD: 028.5
                                                        CDU: 087.5

© 2013 Orchard Books
Publicado pela primeira vez em 2012 pela Orchard Books.
Texto © 2013 Hothouse Fiction Limited
Ilustrações © 2013 Orchard Books

© 2017 desta edição:
Ciranda Cultural Editora e Distribuidora Ltda.
Tradução: Monique D'Orazio
Preparação: Carla Bitelli

1ª Edição
www.cirandacultural.com.br
Todos os direitos reservados. Nenhuma parte desta publicação pode ser reproduzida, arquivada em sistema de busca ou transmitida por qualquer meio, seja ele eletrônico, fotocópia, gravação ou outros, sem prévia autorização do detentor dos direitos, e não pode circular encadernada ou encapada de maneira distinta àquela em que foi publicada, ou sem que as mesmas condições sejam impostas aos compradores subsequentes.

O Vulcão Borbulhante

ROSIE BANKS

Sumário

Um convite especial	9
O Baile de Primavera	25
O feitiço maléfico	37
Voando alto!	55
Caça às abolhas	65
Abolhas	79
Um problema resolvido!	101

Um convite especial

— Summer, vamos! — chamou Jasmine Smith. — A Ellie já deve estar se perguntando onde a gente está!

— Só um minuto! — disse Summer.

As tranças loiras de Summer Hammond caíam por seus ombros enquanto ela se agachava e tentava fazer com que uma joaninha vermelha bem pequena saísse da calçada e subisse na sua mão. Com muito cuidado, Summer a colocou numa parede ali perto.

— Aqui ela estará segura — disse ela para Jasmine. — Eu não podia deixá-la. Vai que alguém pisava nela.

Jasmine sorriu. Summer adorava todos os animais, mesmo insetos como as joaninhas.

– Quando você crescer, vai arranjar um emprego em um desses programas de TV sobre animais, que filmam em zoológicos ou em consultórios de veterinário.

Summer pareceu horrorizada.

– Ah, não. Eu ia odiar aparecer na televisão.

– Eu ia adorar! – exclamou Jasmine. Ela estendeu os braços para cima e girou o corpo sem sair do lugar. Seus longos cabelos escuros voaram ao redor dos ombros. – Imagine só ser uma atriz, ou ainda melhor: uma estrela pop!

Summer abriu um sorriso. Ela, Jasmine e sua outra melhor amiga, Ellie Macdonald, eram diferentes umas das outras, mas talvez fosse por isso que se davam tão bem... Isso e o fato de terem um segredo mágico incrível, é claro! Summer sentiu um arrepio de empolgação ao pensar no objeto precioso que havia dentro da sua bolsa.

Um convite especial

— Venha, sua lesminha! — ela brincou com Jasmine. — Vou chegar à casa da Ellie antes de você!

— Vocês já estão aqui! — exclamou Ellie com um gritinho, abrindo a porta de repente, enquanto Jasmine e Summer corriam pela calçada, ofegantes.

As três meninas se abraçaram. Durante as férias, Ellie tinha passado duas semanas inteiras fora. Sua pele normalmente bem branquinha estava coberta de sardas por causa do sol, e os cachos ruivos estavam um pouco mais claros que o normal.

— Entrem! — gritou Ellie, arrastando as duas amigas para dentro.

— Oi, meninas! — a senhora Macdonald cumprimentou lá da cozinha.

Jasmine e Summer responderam "olá" em coro.

— A gente vai subir, mãe! — avisou Ellie.

O Vulcão Borbulhante

As meninas subiram as escadas que levavam ao quarto de Ellie. Jasmine olhou em volta, observando as paredes roxas cobertas com desenhos que a própria Ellie tinha feito. Parecia que não iam lá havia séculos. Duas semanas eram um tempão para ficar longe da melhor amiga!

— Tcharã! — exclamou Ellie ao pegar dois presentinhos de cima da escrivaninha. Entregou um para Jasmine e outro para Summer. Estavam embrulhados em papel que ela mesma tinha decorado: havia desenhado coelhinhos no de Summer e notas musicais no de Jasmine. — São para vocês. Comprei na Espanha.

— Ah, obrigada! — Jasmine e Summer disseram ao mesmo tempo, e logo começaram a abrir os presentes.

Dentro do embrulho de Jasmine, havia uma miniatura de uma dançarina de flamenco com cabelos escuros e um vestido vermelho de seda. Já o presente de Summer era um burrinho de pelúcia com orelhas compridas e uma carinha bem fofa.

Um convite especial

— Obrigada, Ellie! — Jasmine sorriu. — Amei!

— Meu burrinho é uma graça! — falou Summer, acariciando a cabeça coberta de pelos.

Ellie abriu um sorrisão.

— Que bom que gostaram — ela disse e, em seguida, abaixou a voz e perguntou, ansiosa: — Então, o que aconteceu por aqui enquanto estive fora? Vocês não foram a *vocês-sabem-onde* sem mim, foram?

O Vulcão Borbulhante

– Não! – Jasmine deu uma risadinha. – Não recebemos nenhuma mensagem na *você-sabe-o-quê*.

– Está falando desta *você-sabe-o-quê*? – perguntou Summer, tirando uma caixa de madeira de dentro da bolsa.

– A Caixa Mágica – sussurrou Ellie.

Summer colocou-a sobre o tapete com cuidado. Tinha sereias, unicórnios e outras criaturas maravilhosas entalhadas nas laterais, e no meio da tampa havia um espelho emoldurado por seis pedras preciosas verdes.

A Caixa Mágica vinha de um lugar chamado Reino Secreto. O rei Felício, o governante de lá, tinha feito a caixa para ajudar a salvar o reino. Quando ele foi escolhido para governar, sua irmã malvada, a rainha Malícia, escondeu seis relâmpagos horrorosos por todo o Reino Secreto para causar problemas e arruinar a diversão de todos. A Caixa Mágica

Um convite especial

tinha viajado ao mundo dos humanos e encontrado as únicas pessoas que poderiam quebrar os terríveis feitiços da rainha Malícia: Summer, Jasmine e Ellie.

Com a ajuda de Trixi, a fadinha assistente do rei Felício, e de muitos amigos maravilhosos do Reino Secreto, as meninas conseguiram quebrar todos os seis relâmpagos de Malícia e ajudar aquela terra encantada a recuperar a paz e a felicidade. A rainha Malícia jurou que encontraria outra forma de governar o Reino Secreto, mas, até o momento, não havia mais sinais de problemas.

— Faz um tempão que não recebemos nenhuma mensagem da Caixa Mágica — contou Jasmine. — Faz meses que não acontece nada!

— Acho que isso deve ser bom… para o Reino Secreto, pelo menos — comentou Summer. — Deve significar que está tudo bem por lá.

O Vulcão Borbulhante

— Não quero que nada de ruim aconteça ao Reino Secreto, mas gostaria muito de poder fazer outra visita! — disse Jasmine.

— Ou pelo menos de abrir a Caixa Mágica — emendou Ellie. — Se a gente pudesse ver todos os presentes incríveis que ganhamos lá, não ia parecer que foi só um sonho!

Dentro da caixa, havia seis compartimentos bem pequenos, e cada um continha um item mágico que as meninas receberam em uma de suas aventuras. Ali estavam um mapa do Reino Secreto; um minúsculo chifre prateado de unicórnio que dava o poder de falar com animais; um cristal que controlava o clima; uma ampulheta de gelo que podia congelar o tempo; uma pérola que deixava as meninas invisíveis; e uma bolsinha de pó cintilante que concederia um desejo a cada uma delas. Seria tão legal poder tirar as coisas da caixa para dar uma olhada… Mas as meninas sabiam que a caixa só se abria quando os presentes eram necessários.

Um convite especial

Ellie observou o reflexo das amigas na tampa espelhada e suspirou.

— Estou com muita saudade do rei Felício e da Trixi...

— Eu adoraria ver os unicórnios de novo — falou Summer.

— E todas as sereias, os duendes e os climáticos — acrescentou Jasmine.

— Mas não a rainha Malícia. Essa, com certeza, eu não ia querer ver! — exclamou Ellie.

— Vocês se lembram de quando ela tentou destruir a Ilha das Nuvens? — perguntou Jasmine.

Summer fez que sim.

— E de como ela tentou arruinar os Jogos Dourados dos unicórnios e...

Sua voz sumiu e se transformou numa exclamação de surpresa. O espelho na tampa da Caixa Mágica tinha começado a brilhar.

— Olhem! A caixa! — ela exclamou.

As três meninas olharam fixo para as palavras que começaram a se formar na superfície.

O Vulcão Borbulhante

– Que engraçado – disse Ellie.

– O quê? – perguntou Summer, espiando por cima do ombro dela com Jasmine. – Ah, entendi o que você quis dizer! Esse enigma se parece com os da Trixi! – ela sorriu ao pensar sobre a linda fadinha que cuidava do rei Felício.

Ellie leu a mensagem em voz alta, trêmula de ansiedade:

– Amigas humanas, venho aqui chamá-las,
para o Baile de Primavera quero convidá-las,
no lugar pelo qual o rei Felício tem mais carinho.
A mágica de fada vai mostrar o caminho.

– Então temos que pensar no lugar favorito do rei Felício. Hum… – pensou Jasmine, sentando-se sobre os calcanhares.

– Fácil! O palácio dele! – opinou Summer.

Elas sabiam muito bem o que fazer em seguida. Colocaram as mãos sobre as lindas pedras

Um convite especial

verdes e responderam ao enigma da caixa em voz alta:

— A resposta é o Palácio Encantado!

A caixa se abriu sozinha, e um feixe de luz prateada explodiu de dentro dela. Atingiu o teto e, de repente, no círculo de luz, surgiu uma fadinha muito pequena sobre uma folha flutuante.

Seus cabelos loiros espetados estavam enfeitados por lindas flores, e a tiara de pedras preciosas que ela trazia na cabeça fazia seus olhos azuis reluzirem. Estava com um vestido de baile cor-de-rosa, com saia rodada e coberto de minúsculas pérolas brancas. O sapatinho era dourado e tinha laçarotes cor-de-rosa combinando com o vestido.

— Trixibelle! — exclamou Ellie, feliz da vida.

— Ellie, Summer, Jasmine! — gritou a fadinha, descendo no ar com a folha para beijar cada uma das amigas na ponta do nariz. — É maravilhoso ver vocês de novo! Estou muito feliz que tenham recebido minha mensagem.

— A gente também! — disse Jasmine. — Mas por que a Caixa Mágica ficou tanto tempo sem mandar nenhuma mensagem?

Um convite especial

A fadinha foi voando até a caixa e deu uma batidinha nela com o dedinho minúsculo.

— Agora que vocês salvaram o Reino Secreto e a caixa está cheia, a função dela chegou ao fim! Mas, enquanto vocês ainda a tiverem, vou poder enviar mensagens.

— Legal! — disse Jasmine.

— Você veio mesmo levar a gente para um baile? — perguntou Summer.

— Sim! — Trixi abriu um grande sorriso. — Costumamos dar apenas um baile por ano, no primeiro dia de verão, mas este ano temos uma coisa muito especial para celebrar, então vamos fazer dois!

— Uau! — disse Ellie, toda empolgada. — O que vocês vão celebrar?

— A rainha Malícia não fez nada de ruim desde que vocês quebraram todos os relâmpagos dela, e o rei Felício está tão feliz que decidiu dar um baile de primavera e convidar todo mundo para ir ao Palácio Encantado — explicou Trixi. — E eu fiquei responsável por organizar tudo. Vocês nos ajudaram tanto que seria impossível darmos o baile sem sua presença! — ela deu um rodopio na folha. — O que me dizem? Gostariam de ir à festa mais mágica de todos os tempos?

— Com certeza! — exclamaram ao mesmo tempo Ellie, Summer e Jasmine, levantando-se num salto.

— Então deem as mãos — Trixi sorriu. — E vocês vão ao baile!

O Vulcão Borbulhante

O Baile de Primavera

Ellie, Summer e Jasmine deram as mãos. Trixi deu uma batidinha no anel de fada e cantarolou:

– Mágica de fada, ouça o recado.
Leve-nos para o baile no Palácio Encantado!

No instante em que Trixi falou, suas palavras apareceram no espelho da Caixa Mágica.

O Vulcão Borbulhante

Brilharam ali por um instante, depois fluíram para o alto num clarão arroxeado e rodopiaram em volta da cabeça das meninas como uma nuvem cintilante. Jasmine, Summer e Ellie apertaram bem firme as mãos umas das outras, sentindo os pés deixarem o chão.

O redemoinho levantou as meninas no ar até que elas aterrissaram em uma coisa macia, cercada por uma nuvem de brilhos roxos. O ar clareou e elas olharam em volta. Estavam sentadas sobre um sofá confortável em um salão enorme com paredes azuis e um teto alto em forma de redoma. Havia grandes janelas que davam para os lindos jardins, e candelabros reluzentes pendurados no teto projetavam luz brilhante. Em uma das extremidades do salão, uma banda de duendes domésticos estava arrumando os instrumentos musicais e, do outro lado, um grupo de fadas voava pelas paredes para pendurar longos cordões de bandeirolas pisca-pisca. Mordomos elfos atarefados se dividiam entre carregar bandejas de comida de aparência deliciosa e colocá-las sobre mesas compridas.

– Nunca estivemos nesta parte do Palácio Encantado – comentou Summer. – Onde estamos?

– Este é o salão de baile do palácio – explicou Trixi, girando no ar sobre a folha.

– É lindo! – elogiou Jasmine.

Ela não sabia para onde olhar primeiro. Passando os olhos pelo salão, encontrou seu reflexo em um dos enormes espelhos de moldura dourada na parede. Com um sorriso, ela viu que as tiaras que ela, Summer e Jasmine ganharam de presente do rei Felício, como prova de que eram ajudantes especiais do reino, tinham aparecido na cabeça delas como num passe de mágica. Eram os acessórios perfeitos para usar num baile real!

De repente, as portas do salão principal se abriram, e então o rei Felício entrou, com suas

O Vulcão Borbulhante

bochechas rosadas e cachos brancos despontando debaixo da coroa reluzente. Ele vestia um manto elegante de veludo roxo com uma estampa de coroas minúsculas bordadas em fio dourado em todo o tecido. Havia pedras preciosas na barra do manto, que cintilavam sob a luz dos candelabros conforme ele caminhava em direção às meninas.

– Ah, minhas amigas do Outro Reino! Que maravilhoso rever vocês! – exclamou ele, cheio de entusiasmo.

O rei deu uma corridinha até elas. Os olhos dele brilhavam por trás dos pequenos óculos em formato de meia-lua.

As três meninas fizeram uma reverência.

– Não, não, não há necessidade disso – falou o rei Felício com ternura. – Vocês são minhas convidadas de honra. Afinal, se não tivessem contido a minha irmã horrível, não estaríamos fazendo esta festa!

Então ele perguntou para Trixi:

O Baile de Primavera

— Está tudo pronto para a grande celebração?

— Sim, Vossa Majestade — respondeu a fadinha, alisando a saia do vestido cintilante. — Os convidados já devem estar chegando.

— Excelente! — o rei Felício olhou em volta com alegria. — A comida parece estar deliciosa. Os elfos fizeram um trabalho maravilhoso.

— Tudo parece incrível! — concordou Ellie.

— Tem muitas coisas que eu nunca vi antes e que parecem ótimas — disse Jasmine. — Mal posso esperar para experimentar!

— Vocês precisam experimentar as gelatinas arco-íris — sugeriu o rei Felício, indicando as torres de fatias de gelatina que eram quase tão altas quanto as meninas.

— Ou quem sabe as cerejas nevadas — disse Trixi, apontando para uma tigela cheia de cerejas vermelhas polvilhadas de açúcar branco. — São minhas favoritas!

— Cerejas nevadas? — um olhar de preocupação cruzou o rosto do rei Felício. — Mas, Trixi, você sabe o que aconteceu da última vez que tivemos cerejas nevadas...

O rei ficou todo alarmado. Seus óculos até estremeceram sobre o nariz.

— O que aconteceu? — perguntou Summer, dando tapinhas delicados no braço do rei para acalmá-lo.

— Certa vez, tivemos cerejas nevadas num jantar que o rei Felício estava promovendo para uma festa das fadas — explicou Trixi. — Só que alguns sapos fedidos tinham se escondido nas tigelas. Quando abrimos a travessa de cerejas,

O Baile de Primavera

os sapos fedidos saltaram para fora e arruinaram tudo! Eles comeram toda a comida que havia sido preparada, correram atrás das fadinhas e deixaram um cheiro horrível em toda parte. Foram vários dias até nos livrarmos de todos os sapos. Eles adoram deixar as coisas fedidas e terríveis, e odeiam as fadinhas, pois a gente adora deixar todo mundo feliz.

Jasmine estremeceu.

– Parece que eles são mesmo horríveis. Tenho certeza que nem você poderia gostar de um sapo fedido, Summer.

– Acho que não – concordou Summer. Ela não achava possível gostar de qualquer coisa que odiasse as fadinhas.

– Mas não se preocupe, Vossa Majestade – disse Trixi, para acalmar o rei. – Os elfos verificaram as cerejas nevadas antes de trazê-las para cá. Não há sapos fedidos em nenhum lugar à vista.

O Vulcão Borbulhante

– Que bom, que bom! – o rei Felício sorriu.

De repente, os trompetistas ao lado da porta começaram a tocar uma fanfarra estridente.

– Os convidados estão chegando! – exclamou o rei, tropeçando sobre o manto, de tanta ansiedade.

Jasmine, Summer e Ellie o ajudaram às pressas. Trixi arrumou a coroa na cabeça dele.

– Ah, obrigado – agradeceu o rei. – Agora estou pronto para uma festa! Que comece o Baile de Primavera!

Logo o salão estava cheio de centenas de convidados. As fadas voavam em meio às luzes brilhantes dos candelabros, a banda de duendes domésticos tocava música alegre e os traquinas dançavam cheios de felicidade.

Jasmine, Summer e Ellie sentaram-se ao lado do trono do rei Felício, posicionado na longa mesa. Trixi sentou-se do outro lado, numa cadeira bem pequenina colocada sobre a mesa. Os mordomos elfos trouxeram enormes travessas

O Baile de Primavera

de comida. As meninas ficaram surpresas de ver que o primeiro prato era a sobremesa!

— Eu sempre começo com a sobremesa, porque é a minha parte preferida da refeição – riu o rei Felício. – Assim não preciso ficar esperando por ela!

O Vulcão Borbulhante

Jasmine decidiu experimentar uma gelatina arco-íris que parecia deliciosa, e Summer escolheu um biscoito gigante com cobertura decorada de unicórnios açucarados. Ellie começou com as cerejas nevadas e com pavê.

Os olhos do rei Felício se iluminaram quando um elfo alto de capuz colocou um enorme bolo fofo na frente dele.

— Oooh, bolo de marshmallow! Que delícia!

— Não me lembro de ter pedido bolo de marshmallow... — disse Trixi, enrugando a testa. — Ah, bom. Acho que alguma outra pessoa deve ter pensado nisso. Aproveite, Vossa Majestade!

— Pode deixar! — disse o rei.

Ele mergulhou a colher no bolo doce e grudento e colocou um grande pedaço na boca.

CABRUUUM!!!

Na mesma hora, houve um trovejar bem alto e um clarão de relâmpago. Todos gritaram. As meninas agarraram as mãos umas das outras.

O Baile de Primavera

— O que está acontecendo? — perguntou o rei Felício, todo nervoso.

— Não sei — respondeu Trixi. — Eu...

A voz da fadinha foi abafada pelo som de uma gargalhada. Um silêncio recaiu sobre o salão. O elfo que tinha posto o bolo na frente do rei tirou o capuz. Não era elfo nenhum, afinal, mas uma mulher alta e magra com olhos escuros frios e uma coroa pontuda empoleirada sobre os cabelos pretos e crespos.

— Rainha Malícia! — alarmou-se Jasmine.

O Vulcão Borbulhante

O feitiço maléfico

— Ah, não! — sussurrou Summer, assustada. Ela apertou bem forte a mão das duas amigas.

— Você caiu na minha armadilha, irmão!

A rainha Malícia deu outra gargalhada. A multidão de convidados recuou e a deixou sozinha. Ela apontou para o rei Felício com um dedo ossudo e continuou:

— E agora você vai se arrepender muito, muito!

O Vulcão Borbulhante

– Que armadilha? – perguntou o rei, indignado. – Por que está aqui, Malícia? Aposto que você veio estragar toda a diversão, como sempre!

– Eu vim fazer muito mais do que isso, querido irmão – gabou-se a rainha. Ela apontou para o bolo de marshmallow. – Eu sabia que você era guloso demais para resistir a um bolo de marshmallow, então preparei um e o envenenei com um feitiço. Um pedacinho é suficiente para transformar quem o comer em um sapo fedido!

– Não! – gritou Trixi.

Jasmine, Ellie e Summer suspiraram horrorizadas.

– Um... um sapo fedido?! – gaguejou o rei Felício. – Vou me transformar num... sapo fedido?

– Vai! – os olhos gélidos da rainha Malícia reluziram de alegria. – A mágica está

O feitiço maléfico

começando a transformar você neste exato momento. Vai estar completa à meia-noite do dia do Baile de Verão, e então eu é que vou governar o reino!

A rainha olhou pelo cômodo, sorrindo cruelmente diante da cara chocada de todos os convidados.

— Não se preocupe, irmãozinho — ela continuou. — Sempre vai ter um lugar para você aqui no palácio... no fosso!

Ela jogou a cabeça para trás e deu uma risada estridente com prazer. Todos os convidados começaram a gritar em protesto.

— Eu disse que você ia se arrepender por impedir os meus relâmpagos, Felício. Agora finalmente vou poder dar o troco em você e nessas suas amigas humanas insolentes. Vou governar este reino do meu jeito, e não vai mais ter bailes nem festas... e muito menos DIVERSÃO!

O Vulcão Borbulhante

A rainha Malícia deu uma risada de satisfação e bateu palmas. Mais um trovão ensurdecedor ecoou e ela desapareceu em uma nuvem de fumaça preta.

— O que vamos fazer? — perguntou Trixi, desesperada.

— Não posso ser um sapo fedido! — exclamou o rei Felício, retorcendo as mãos. — Não posso!

— Não se preocupe — disse Jasmine com firmeza. — Nós vamos ajudar. Já quebramos os feitiços da rainha Malícia antes e podemos quebrar de novo.

— Claro que podemos — declararam Ellie e Summer.

— Ah, obrigado... *RRREBBET*!

Trixi e as meninas prenderam a respiração ao ouvirem o alto coaxar do rei.

O rei Felício ficou pálido.

— Eu... eu já estou virando um sapo fedido! — berrou ele, cambaleando para trás e afundando no trono.

O feitiço maléfico

Jasmine virou-se para Trixi.

— Você consegue usar magia para acabar com o feitiço da rainha Malícia?

Preocupada, Trixi negou com a cabeça.

— Minha magia não é forte o bastante!

— Mas há várias criaturas mágicas aqui — comentou Ellie, pensativa. — E se todo mundo trabalhasse junto, como fizemos na Praia Cintilante?

— Hummm… — Trixi refletiu. — A nossa mágica foi mais forte naquele dia porque tínhamos acabado de absorver o pó cintilante, mas vale a pena tentar!

Trixi sumiu dali e foi falar com os outros. Em alguns minutos, todos estavam reunidos em um círculo em volta do rei.

— O que está acontecendo? — ele perguntou à Trixi.

— Não se preocupe — respondeu a fadinha. — Vamos tentar fazer Vossa Majestade melhorar!

Trixi deu uma batidinha no anel e cantarolou:

O Vulcão Borbulhante

*— Mágica de fada, acabe com o feitiço,
devolva ao rei a força e o viço.*

Todas as outras criaturas deram as mãos fechando o círculo e repetiram o encantamento junto com Trixi.

— Vossa Majestade está sentindo alguma coisa diferente? — Summer perguntou ao rei Felício, esperançosa.

— Talvez — ele respondeu sacudindo os braços e as pernas. — Pode ser que tenha funcionado. Pode... *RRREBBET!*

O feitiço maléfico

Todos gemeram.

— Ahhh! Não está funcionando — gritou o rei Felício.

Seus olhos estavam se enchendo de lágrimas. Ele caminhou até o trono e afundou tristemente no assento.

— Se a nossa mágica não pode desfazer o feitiço, não existe nada que a gente possa fazer — disse Trixi, desesperada.

— Tem que existir alguma coisa! — disse Jasmine, determinada. — Se ele foi envenenado ao comer uma coisa, será que não tem outra coisa que ele possa comer para que o feitiço seja desfeito?

— Na verdade, tem, sim — disse uma voz calma.

Eles viram uma fadinha mais velha se aproximar voando sobre uma folha até alcançar a multidão. Seu cabelo estava preso num coque perfeito, e seus óculos estavam empoleirados sobre seu narizinho minúsculo de fadinha.

O Vulcão Borbulhante

— Tia Maybelle! — disse Trixi, dando-lhe um grande abraço. — Meninas, esta é minha tia. Ela faz parte do conselho das fadas. Ela sabe tudo o que há para saber sobre magia no Reino Secreto!

— Mágica de fada não pode desfazer o feitiço maléfico da rainha — disse Maybelle, melancólica. — Mas existe uma poção-antídoto que o rei Felício pode beber para reverter essa situação. É nossa única esperança.

Os olhos de Jasmine se iluminaram.

— Perfeito! Como a gente faz?

— Hum... bem, este é o problema — respondeu Maybelle, demonstrando tristeza. — A poção

O feitiço maléfico

precisa de seis ingredientes muito raros em todo o Reino Secreto.

— Vamos consegui-los para vocês — Ellie apressou-se em dizer.

— É claro que vamos! — gritou Summer.

— Vai ser muito difícil... e perigoso — alertou Maybelle.

— Não importa — insistiu Jasmine. — Temos que tentar. Não podemos deixar a rainha Malícia transformar o rei Felício num sapo fedido! Vamos trazer tudo o que for necessário.

Summer e Ellie concordaram, cheias de coragem.

— E quanto aos outros? — perguntou Summer, olhando em volta para todos os convidados chateados.

As fadas secavam as lágrimas em grandes lenços de tecido, e os duendes estavam amontoados, conversando ansiosos com os elfos, gritando e sacudindo os braços.

45

O Vulcão Borbulhante

— Todo mundo parece tão preocupado! Tem alguma coisa que podemos fazer para ajudá-los? — perguntou Summer.

— O que precisamos é de uma mágica forte de esquecimento — disse Maybelle. — Vai ser melhor se os outros esquecerem de tudo para não entrarem em pânico.

Ela olhou para Trixi e perguntou:

— Você me ajuda com o encanto? Desta vez não vamos enfrentar a magia da rainha Malícia, por isso deve funcionar.

Trixi concordou.

— Faremos de um jeito que só nós cinco vamos continuar sabendo do que aconteceu, e ninguém mais vai se lembrar.

Trixi e Maybelle deram uma batidinha em seus anéis e cantarolaram:

— Ponha fim ao medo, mágica de fada.
Ninguém deve se lembrar de nada.

Nuvens de brilhos cor-de-rosa explodiram dos anéis e se transformaram em confete cintilante. Os convidados apontaram para a chuva colorida que caía do teto.

— Vejam! — ofegou Jasmine.

Toda vez que um confete pousava em um convidado, o nervosismo sumia de seu rosto e ele piscava, parecendo surpreso, como se não conseguisse se lembrar bem de por que estava preocupado.

— O encanto está funcionando! — exclamou Ellie.

O Vulcão Borbulhante

As meninas observaram os duendes domésticos coçarem a cabeça, pegarem os instrumentos e começarem a tocar música. Os traquinas retomaram a dança, e os mordomos elfos voltaram a servir comida. Logo todos estavam se divertindo como antes.

— Olhem o rei Felício! — disse Summer.

O rei estava sentado no trono, parecendo surpreso e um pouco confuso. Ele se alongou e se levantou. Abriu um sorriso radiante quando viu todos os convidados se divertindo a valer.

— Ele também esqueceu! — afirmou Ellie, aliviada.

— Aí estão vocês, meninas — disse o rei Felício, caminhando até elas. — Eu estava mesmo me perguntando onde... *RRREBBET!* Minha nossa!

Ele cobriu a boca com a mão. Parecia muito espantado com o barulho que tinha acabado de fazer.

O feitiço maléfico

— Não se preocupe — disse Trixi. — Vossa Majestade só está com uma tosse ruim. Por que não vamos procurar um xarope para tosse?

Ela deu uma piscadinha para as meninas e o levou dali.

— Então, meninas?

Elas olharam para cima e viram Maybelle voando na folha sobre a cabeça delas.

— Por que vocês não vêm comigo? Precisamos conversar em algum lugar onde não seremos ouvidas — disse a fada.

Summer, Jasmine e Ellie seguiram Maybelle para as profundezas dos jardins do palácio.

O Vulcão Borbulhante

Pararam perto da linda fonte de limonada, mas, pela primeira vez, as meninas estavam preocupadas demais para sequer pensar em pegar as deliciosas bolhas açucaradas que subiam da fonte.

— Vou ter que pesquisar um pouco para encontrar os ingredientes da poção-antídoto – explicou Maybelle. – O único ingrediente que eu

O feitiço maléfico

sei com certeza que faz parte da poção é favo de mel de abolhas.

— Talvez a gente possa procurar pelo favo de mel enquanto você descobre quais são os outros ingredientes — sugeriu Ellie.

Summer e Jasmine concordaram balançando a cabeça. Bem nessa hora, Trixi apareceu voando sobre a folha. Estava saindo do palácio.

— Dei ao rei Felício um tipo de xarope para tosse e o deixei lá na festa — disse ela, ansiosa. — Vocês descobriram do que precisamos para fazer a poção?

— Primeiro precisamos encontrar favo de mel de abolhas — explicou Jasmine.

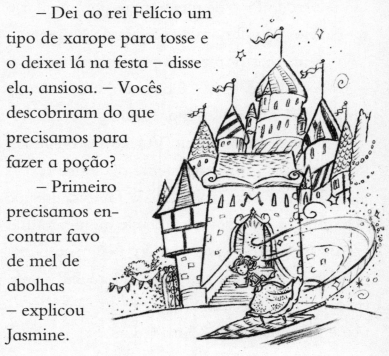

O Vulcão Borbulhante

– Hum… O que exatamente é um favo de mel de abolhas, hein? – perguntou Ellie.

– É uma substância muito rara feita apenas pelas abolhas – explicou Maybelle. – O favo é a fonte da magia das abolhas. E também é um doce delicioso!

– Mas com certeza essas abolhas nos dariam um pouco do favo de mel se fosse para ajudar o rei Felício, não dariam? – perguntou Summer.

– Sim, mas primeiro é preciso encontrá-las – explicou Maybelle. – Elas estão entre as criaturas mais misteriosas no Reino Secreto. Vivem no meio da selva, no Vulcão Borbulhante, mas ninguém sabe exatamente onde fica a colmeia delas. Clara Colombo, a famosa duende exploradora, está no vulcão neste momento. Ela passou o ano todo procurando a colmeia para perguntar às abolhas por que agora há menos favos de mel. Se existe alguém que sabe onde fica essa colmeia, é a Clara Colombo.

O feitiço maléfico

— Então vamos encontrar a Clara e aí poderemos encontrar as abolhas! – animou-se Summer.

— Então vamos! – disse Trixi, ansiosa. – O rei Felício pode ter esquecido que está se transformando em um sapo fedido, mas não temos tempo a perder!

O Vulcão Borbulhante

Voando alto!

— Precisamos encontrar a Clara Colombo o mais rápido possível! – disse Jasmine.

— Mas como vamos chegar até onde ela está? – perguntou Ellie.

— Podemos usar o escorregador mágico do rei Felício – sugeriu Summer, olhando para o escorregador arco-íris, que desaparecia nas profundezas de uma linda lagoa e poderia levá-las a qualquer lugar do Reino Secreto.

O Vulcão Borbulhante

– Boa ideia, Summer! – elogiou Trixi. – Você se lembra de como se usa? Basta dizer aonde querem ir e escorregar na lagoa.

Jasmine foi a primeira.

– Leve-nos até a Clara Colombo, no Vulcão Borbulhante!

Mal disse as palavras e já desceu zunindo pelo arco-íris. Ela não sentiu o frio nem a umidade quando atingiu a água. Em vez disso, sentiu como se estivesse sendo jogada de um lado para outro em uma avalanche de luzes vívidas nas cores do arco-íris.

– Iupiiiii! – gritou Jasmine ao voar em disparada para o outro lado e aterrissar em uma grande poça de bolhas e espuma.

Segundos depois, apareceu Summer, seguida por Ellie e, por fim, Trixi, voando sobre a folha.

As meninas saíram de uma piscina de bolhas e subiram nas rochas que a margeavam. Elas olharam para cima e viram que estavam no meio de uma selva. Folhagens viçosas se

Voando alto!

dependuravam dos galhos e havia cipós enrolados em tudo. Grandes flores vermelhas, azuis e alaranjadas se abriam em toda parte. As amigas ouviram o gorgolejo de um riacho ali por perto.

O Vulcão Borbulhante

– Olhem só quantos pássaros! – surpreendeu-se Summer.

Papagaios e cacatuas de cores vivas pairavam no alto. As penas de suas caudas deixavam rastros cintilantes no ar.

Voando alto!

– A Clara deve estar em algum lugar por aqui – disse Ellie, olhando em volta.

– Clara! – gritou Jasmine, e com isso todos os pássaros nas árvores altas saíram numa revoada assustada.

– CLARA! – gritaram também Summer e Ellie.

De repente, ouviram um farfalhar no mato rasteiro. As três meninas se entreolharam com nervosismo, com medo de que tivessem perturbado um animal perigoso da selva.

Então uma voz chamou das árvores:

– Quem está aí?

– É ela! – exclamou Trixi, cheia de entusiasmo, rodopiando sobre a folha. – Clara? É a Trixi. O rei Felício precisa da sua ajuda!

– Da minha ajuda?

Ouviram o som de alguém caminhando por entre as árvores. Uma cortina de folhagens foi empurrada de lado e Clara Colombo apareceu. Usava longas meias verdes, botas robustas na altura dos tornozelos, short camuflado,

O Vulcão Borbulhante

uma mochila e uma jaqueta cheia de bolsos. Seus longos cabelos loiros estavam cobertos com um chapéu de exploradora. Ela havia colocado as mãos nos quadris e encarava as meninas.

— Então, o que posso fazer por vocês? – perguntou Clara rapidamente.

— Clara, estas são Ellie, Summer e Jasmine – Trixi apontou para cada uma delas conforme falava.

Clara cumprimentou as três amigas com apertos de mãos. A manga de sua jaqueta estava rasgada, e a mão estava um pouco enlameada, mas a exploradora tinha um sorriso muito gentil.

Voando alto!

– Precisamos muito da sua ajuda, Clara – disse Jasmine. – Algo terrível aconteceu.

Trixi explicou tudo o que tinha se passado no baile.

– Temos que curar o rei Felício. E, para fazer isso, precisamos encontrar favo de mel de abolhas – concluiu a fadinha.

– Ando explorando o Vulcão Borbulhante há meses, tentando encontrar onde vivem as abolhas... – explicou Clara.

As meninas olharam umas para as outras, um pouco tristonhas.

– Por sorte – continuou Clara –, encontrei a colmeia delas hoje de manhã! Vou mostrar o caminho até lá e poderemos pedir um favo às abolhas. Só que precisamos ter cuidado. Elas podem ser criaturas bem difíceis. Se vocês as tratarem com respeito e educação, elas vão se comportar da mesma forma com vocês, mas, se forem mal-educadas, elas vão ficar zangadas e vão atacar. Vocês não querem levar uma ferroada delas!

O Vulcão Borbulhante

– Vamos ser o mais educadas possível – disse Summer.

– É por aqui, venham! – chamou Clara, caminhando entre as árvores.

As meninas sorriram e correram atrás dela.

– Então, onde exatamente fica a colmeia, Clara? – perguntou Trixi, seguindo-as sobre a folha.

Clara abriu a boca.

– Fica na...

GRRRRRRRR!

Um rosnado alto ecoou atrás delas e interrompeu o que Clara dizia.

Todas elas se viraram. Trixi soltou um gritinho de terror quando viu uma enorme pantera-negra de armadura prateada avançando contra elas do meio das árvores. O bicho tinha arreganhado os lábios para mostrar os dentes ferozes. Nas costas da pantera, empoleirada em um trono prateado, estava uma figura ossuda com um tufo de cabelos pretos e crespos na cabeça.

Voando alto!

– Ah, não! – assustou-se Summer. – A rainha Malícia!

O Vulcão Borbulhante

Caça às abolhas

— Humanas intrometidas! – ralhou a rainha Malícia em cima da pantera de olhos reluzentes, que se esgueirava pouco a pouco, cravando as longas garras na terra fofa. A rainha lançou um olhar fulminante ao grupo. – Então vocês acham que podem fazer a poção-antídoto, não acham? Mesmo se descobrirem de quais ingredientes precisam, nunca vão encontrar todos! Vou fazer de tudo para que vocês não os encontrem! Desta vez, não vão me impedir de conseguir o trono do reino!

O Vulcão Borbulhante

Jasmine deu um passo à frente, com o queixo empinado e olhos castanhos que faiscavam corajosamente.

– Nós vamos, sim!

– Silêncio! – exigiu a rainha Malícia.

– Não – retrucou Jasmine em tom desafiador. – Não somos como seus Morceguinhos da Tempestade. Você não pode nos dizer o que fazer!

– Não vamos deixar você transformar o rei Felício em um sapo fedido – acrescentou Ellie.

– E todo mundo no Reino Secreto ama o rei – declarou Summer. – Eu sei que todos vão nos ajudar.

Caça às abolhas

— É isso mesmo — concordou Clara. — A começar por mim! Vou mostrar a essas meninas onde fica o favo de mel das abolhas, e você não pode me impedir!

A rainha Malícia soltou uma gargalhada e disse:

— É o que você pensa! Não vai poder ajudá-las quando eu tiver terminado com você!

Ela ergueu a mão e apontou-a para Clara:

— Agora esquecida, confusa pelo recinto,
os pensamentos perdidos num labirinto.
Não há cura; ninguém poderá ajudar
até você ouvir a abolha-rainha cantar.

Houve um forte lampejo verde. A rainha Malícia então berrou:

— E você NUNCA vai ouvir a abolha-rainha cantar, pois não vai conseguir encontrá-la se não se lembrar de onde fica a colmeia!

O Vulcão Borbulhante

A rainha jogou a cabeça para trás e gargalhou mais. A pantera se uniu a ela num rugido e depois se virou e saiu correndo pela floresta, levando junto a rainha, que continuava rindo muito alto.

— Clara! — Jasmine virou-se ansiosa para a exploradora. — Está tudo bem com você?

Clara olhou para ela com surpresa.

— Sim, tudo ótimo, obrigada!

Caça às abelhas

As meninas soltaram um suspiro aliviado diante do sorriso radiante de Clara. Porém, a alegria evaporou quando a exploradora falou de novo:

— Meu nome é... — a voz dela sumiu, e um olhar de surpresa tomou seus olhos. — Não consigo me lembrar!

— Você é Clara Colombo! — gritou Summer. — A grande exploradora!

— Eu? — perguntou ela.

— É, você — respondeu Trixi, sacudindo as mãos, ansiosa.

Clara deu risadinhas.

— Eu não sou uma exploradora! — ela respondeu e em seguida pulou para um monte ali perto e começou a cantar para si mesma e a colher flores. — Eu sou... Bem, não sei quem eu sou, mas com certeza não sou uma exploradora!

— Ah, não — disse Summer, desanimada. — Ela se esqueceu de tudo!

O Vulcão Borbulhante

– Clara, você é uma exploradora, sim – enfatizou Ellie, gentilmente. – Você disse que descobriu onde as abolhas moram, e nós precisamos que você nos conte como achar a colmeia.

Clara parecia confusa.

– O que são abolhas? – perguntou ela.

Trixi olhou para as meninas e indagou:

– O que vamos fazer?

– Não se preocupem – disse Jasmine, usando seu senso prático. – A pobre Clara pode não conseguir nos ajudar, mas as abolhas devem estar por aqui em algum lugar. Ela disse que encontrou a colmeia hoje de manhã, então não deve estar muito longe.

– É verdade – concordou Ellie. – Só precisamos olhar aqui nos arredores até encontrar, nem que a gente tenha que procurar por todo o vulcão.

Summer fez que sim.

– Não podemos desistir. O rei Felício precisa de nós.

Caça às abolhas

– Vejam só minhas lindas flores – cantarolou Clara, saltando com um ramalhete de flores roxas e azuis. – Quero fazer um buquê bem bonito.

Summer olhou nos olhos de Clara e tentou fazê-la focar.

– Clara, você consegue se lembrar de qualquer coisa sobre como podemos chegar à colmeia das abolhas?

– No topo do mundo! – gritou Clara. – Com toda a galera!

– É como se fosse um enigma. De novo, não! – reclamou Ellie.

– Só que não temos certeza de que ela está nos levando até as abolhas – disse Jasmine. – Ela está tão confusa que nem deve saber o que diz.

Ellie ouviu um farfalhar atrás delas e olhou em volta.

– O que foi isso? – perguntou.

– Não escutei nada – respondeu Jasmine.

– Ouvi um barulho nos arbustos – explicou Ellie, caminhando até lá para investigar. Ela olhou pela vegetação, mas não encontrou nada.

O Vulcão Borbulhante

– Não é a rainha Malícia de novo, é? – perguntou Summer, ofegante.

As meninas olharam em volta, ansiosas, mas não encontraram nenhum sinal da rainha ou da pantera.

– Deve ter sido apenas um animal ou um pássaro – sugeriu Trixi. – Não se preocupem com isso.

– Que lindas!

A voz veio de perto das árvores. Todas se viraram para olhar Clara, que tinha se afastado um pouco para apanhar mais flores.

– Coitada da Clara – comentou Summer, tristonha.

– Ela mencionou alguma coisa sobre o topo do mundo – lembrou Ellie, pensativa. – Talvez estivesse falando de algum lugar alto?

– Como no topo do vulcão! – gritou Jasmine, apontando para o céu.

As meninas olharam para o alto por entre as árvores. Lá em cima, nas nuvens, elas

Caça às bolhas

conseguiram avistar só a pontinha do vulcão. Lindas bolhas prateadas escorriam dele, parecendo espuma cintilante.

— Acho que você tem razão! — disse Ellie, com as bochechas coradas com o entusiasmo.

— É tão alto que deve parecer mesmo o topo do mundo! — disse Summer.

— Venham. Vamos lá! — chamou Jasmine, já pegando a trilha que levaria ao vulcão.

Summer agarrou a mão de Clara.

— Venha com a gente, Clara — ela convidou em tom gentil. — Temos que seguir a Jasmine!

As meninas foram tropeçando entre a vegetação rasteira exuberante, escalando árvores caídas com camadas grossas de musgo verde e empurrando de lado longos cipós dependurados dos galhos mais altos. Papagaios grasnavam e piavam ao voarem no céu.

— Olhem! — exclamou Jasmine.

Elas haviam chegado a uma clareira, onde viram lindos arbustos cobertos com bolhas

O Vulcão Borbulhante

prateadas. Jasmine apontou para uma tira de tecido verde que tinha ficado presa num galho baixo, e Ellie se abaixou para pegá-la.

— É da jaqueta da Clara! — disse Summer.

Ela apanhou a tira de tecido e a segurou perto do rasgo na manga do casaco de Clara. Encaixava-se perfeitamente.

Caça às abolhas

– A Clara já passou por aqui antes – observou Ellie. – Estamos na trilha certa!

– Acho que a colmeia de abolhas fica mesmo no topo do vulcão! – disse Trixi, alegre.

Então, elas ouviram uma voz detrás das árvores:

– Ri, ri, ri! Obrigado pela dica!

As meninas prenderam a respiração, assustadas ao verem uma carinha cinzenta pontuda aparecer atrás de um arbusto ali perto.

O Vulcão Borbulhante

— É um Morceguinho da Tempestade! — exclamou Jasmine, olhando para as asas de morcego e para os cabelos espetados da criatura.

— Não apenas um — corrigiu Ellie, horrorizada. — Vejam só quantos! Eles deviam estar nos espiando!

Outros quatro morcegos tinham saltado de seu esconderijo e cercado as meninas. Os olhos deles cintilavam e a gargalhada era cheia de satisfação.

— A gente estava mesmo! — confirmou o líder dos morcegos,

Caça às abolhas

finalizando com uma risada. — E vocês nos levaram direto para as abolhas!

— Vamos pegar todos os favos de mel e não vai sobrar nenhum para vocês! — grasnou outro morcego. — A rainha Malícia vai ficar muito satisfeita com a gente!

Então ele bateu as asas e saiu voando.

— E logo o rei Felício vai virar um sapo! — berrou um terceiro de um jeito desagradável.

— REBBET, REBBET! — zombaram todos os morcegos malvados já subindo no ar e voando entre as árvores.

— Rápido! — exclamou Trixi, sem fôlego. — Temos que encontrar a colmeia das abolhas antes deles!

O Vulcão Borbulhante

Abolhas

Era uma corrida ao topo do vulcão! Ao mesmo tempo que os morceguinhos voavam no céu, Jasmine, Ellie, Summer e Clara iam se desvencilhando da vegetação rasteira e se esquivando de arbustos e rochas. Trixi voava em zigue-zague junto com elas, abaixando-se para desviar de cipós e galhos de árvores arredondados.

O Vulcão Borbulhante

Por fim, as meninas saíram da mata para uma clareira bem no topo do vulcão. Elas podiam ver o buraco arredondado da cratera logo à frente. Havia milhares de bolhas flutuando para fora dela, e, zumbindo ali, várias abolhas grandes e gordinhas!

As abolhas não tinham nada a ver com as abelhas que as meninas encontravam nos jardins do mundo delas, o Outro Reino. Para começar, as abolhas eram muito maiores, mais ou menos do tamanho de porquinhos-da-índia. Em vez de amarelas e pretas, sua cobertura peluda era rosa-escura e lilás. Elas zumbiam alegremente, voando de um lado para outro por entre as bolhas, e pousavam nas flores que decoravam as encostas do vulcão.

– Vejam só elas! – falou Summer. – São tão lindinhas!

– Só que não estou vendo a colmeia – disse Jasmine, olhando em volta, desesperada. – Precisamos encontrá-la antes que os Morceguinhos da Tempestade cheguem aqui!

— Olá, abolhinhas — cumprimentou Clara, fazendo um barulho de zumbido. — Prazzzzer em conhecê-las.

— Clara, você sabe onde fica a colmeia delas? — perguntou Summer.

O Vulcão Borbulhante

Mas Clara não respondeu. Estava ocupada demais dando risadinhas quando uma abolha veio até ela e zumbiu na frente do seu nariz.

— Ah não! — gritou Jasmine de repente, apontando para o céu. — Eles nos alcançaram!

E ali estavam: quatro Morceguinhos da Tempestade voavam em direção a elas. As abolhas os cercaram num enxame curioso, e os ajudantes da rainha tentaram espantá-las com os dedos ossudos.

— Saiam do caminho! — gritou um deles.

— Isso, saiam, suas maluquinhas peludas! — explodiu o morcego ao lado. — Queremos pousar!

Porém, as abolhas nem ligaram. Mais delas vieram e rodearam os morcegos, cheias de curiosidade.

— Vamos, seu bando de inúteis! — o líder dos morceguinhos gritou para os outros. — Temos que encontrar a colmeia para a rainha Malícia. Esmaguem as abolhas se for preciso!

Abolhas

– Não! – exclamou Summer quando os Morceguinhos da Tempestade começaram a se chocar contra as pobres abolhas, derrubando várias delas.

As abolhas passaram a zumbir mais alto e a voar mais rápido, tentando se livrar dos terríveis morcegos.

– Parem! – Summer gritou para eles. Ela não costumava ficar tão nervosa, mas não podia

O Vulcão Borbulhante

suportar que machucassem qualquer animal.

– Afastem-se delas!

– Ou o quê? – zombou o líder dos Morceguinhos da Tempestade.

Ele desatou a gargalhar e depois derrubou outra abolha, que deu uma guinada no ar e voou para dentro da cratera do vulcão, fora do alcance dos dedos pontudos dos morcegos.

Enquanto observava a abolhinha voar para dentro da abertura, Summer se lembrou de algo que Clara tinha dito antes, algo sobre toda a galera. "Talvez ela não estivesse querendo dizer 'galera'" – pensou ao olhar para a boca enorme do vulcão. "Talvez ela quisesse dizer 'cratera'".

Summer olhou para dentro do buraco. Depois que seus olhos se acostumaram à escuridão, ela avistou um brilho dourado reluzente perto de uma das paredes...

Summer se virou para chamar Ellie e Jasmine. Nesse instante, um Morceguinho da Tempestade golpeou uma abolha, que veio voando

Abolhas

direto na direção dela! Summer estendeu os braços e pegou o bichinho, mas acabou perdendo o equilíbrio. Seus braços giraram no ar e ela caiu para trás... E despencou dentro do vulcão!

Ellie gritou assustada quando viu a amiga desaparecer.

O Vulcão Borbulhante

— Summer! — berrou Jasmine.

Trixi ficou pálida. Todas elas correram para a beirada da cratera, sentindo o coração disparar ao espiar nas profundezas sombrias lá abaixo. Até que ouviram um grito:

— Estou bem!

Ellie e Jasmine suspiraram aliviadas. À medida que seus olhos foram se ajustando à escuridão, passaram a enxergar uma plataforma na rocha do lado de dentro da cratera. Summer estava sentada nela segurando a pequena abolha, que havia machucado a patinha.

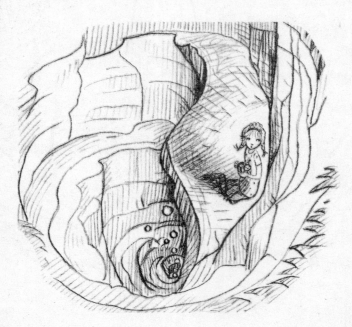

— Estou mais do que bem! Vejam! – exclamou Summer.

Os olhos da garota brilhavam. Ela apontou para a parede à sua frente. Ali, construída na lateral do vulcão, estava uma linda colmeia dourada! Era da altura de Summer e as paredes eram feitas de células hexagonais brilhantes unidas com mel. Havia seis torres douradas nas laterais da colmeia e um hexágono aberto no meio, por onde as abolhas entravam e saíam.

— Encontrei a colmeia das abolhas! – anunciou Summer com um sorriso.

O Vulcão Borbulhante

Jasmine e Ellie apressaram-se a descer até o patamar de pedra, e Trixi as seguiu voando. Clara guardou o buquê de flores cuidadosamente na mochila antes de as acompanhar.

— Vamos entrar! — disse Jasmine, ansiosa, olhando fixo para a enorme colmeia.

— Elas encontraram a colmeia — grasnou uma voz vinda do alto.

As meninas se entreolharam horrorizadas no instante em que os morceguinhos começaram a descer em direção à plataforma.

— O que vamos fazer? — choramingou Trixi. — Temos que impedi-los!

De repente, a abolha ferida saiu dos braços de Summer e voou para perto de outras abolhas que zumbiam em volta da colmeia. Ela pairou na frente do grupo e começou a fazer uma dança em zigue-zague engraçada. Todas as abolhas pararam para observar. Ela voava para a direita e para a esquerda, para cima e para baixo, sem interromper o zumbido.

Abolhas

– O que ela está fazendo? – perguntou Ellie.

– Acho que é assim que as abolhas conversam! – sugeriu Summer. – As abelhas do nosso mundo conversam dançando e sacudindo no ar. Talvez seja a mesma coisa aqui.

– Ah, sim! – disse Trixi. – Acho que eu me lembro de ler alguma coisa que a Clara escreveu sobre as conversas dançantes das abolhas.

– O que será que ela está dizendo? – interessou-se Jasmine.

O bichinho se virou e apontou o ferrão para os Morceguinhos da Tempestade. De repente, todas as abolhas se viraram para olhá-los. A confusão de zumbido ficou cada vez mais alta e feroz. As abolhas estremeceram os ferrões.

– Acho que ela está contando como ela foi ferida! – disse Ellie.

– Foram eles! – gritou Jasmine, apontando para os Morceguinhos da Tempestade e esperando que as abolhas entendessem. – Eles querem seus favos de mel. Peguem os morceguinhos!

O Vulcão Borbulhante

As abolhas zumbiram furiosas e saíram voando num enxame em direção aos morcegos.

– O que elas estão fazendo? – perguntou um dos morceguinhos, todo nervoso, ao ver as abolhas se aproximarem.

Outro tentou derrubar uma abolha do ar. O zumbido ficou mais alto até que as abolhas atacaram os Morceguinhos da Tempestade e os ferroaram em toda parte.

– Ai! Ui! Ai! – gritaram os morcegos.

– Vou dar o fora daqui! – gritou o líder, voando para cima o mais depressa que suas asas de couro conseguiam.

Os outros o seguiram. Voaram para as nuvens, tão alto que pareciam pontinhos escuros no céu, até que desapareceram por completo.

– Viva! – exclamou Jasmine. – Bom trabalho, abolhas!

As meninas se abraçaram, muito contentes.

A abolha ferida voltou e ficou voando para cima e para baixo na frente delas.

Abelhas

— Acho que ela está tentando nos dizer alguma coisa — comentou Summer. — Ela está indo para a porta da colmeia. Será que está convidando a gente para entrar?

— E se não estiver? — questionou Ellie. — Se a gente entrar na colmeia sem permissão, as abelhas podem nos atacar também!

O Vulcão Borbulhante

— Se pelo menos tivesse um jeito de a gente entender o que estão dizendo... — Jasmine suspirou.

— O chifre mágico de unicórnio! — lembrou Summer. — Ele faz com que possamos conversar com os animais!

De repente, ouviram um tilintar, e a Caixa Mágica apareceu na plataforma de pedra diante delas. A tampa se abriu e exibiu os seis presentes mágicos que havia ali dentro.

Ellie tirou o minúsculo chifre prateado. Assim que o pegou, a tampa da Caixa Mágica se fechou e ela desapareceu com um *pop* baixinho.

— Vamos falar com as abolhas e ver se podemos entrar na colmeia — disse Ellie.

— E perguntar se elas podem dar um favo de mel de abolha para o rei Felício! — acrescentou Summer.

Ellie segurou o chifre de unicórnio bem apertado. Ela ainda podia ouvir a abolha ferida

Abolhas

zumbindo por ali, mas agora entendia o que significava aquela dança.

— Obrigada por me ajudarem — o bichinho estava dizendo. — Por favor, entrem na colmeia e venham conhecer a rainha.

Ellie tentou dizer "obrigada", mas, em vez disso, ela se viu dando pulinhos para trás e dançando para a esquerda. Estava falando com ela na dança das abolhas!

— Seria maravilhoso — ela disse com mais alguns passinhos.

Summer e Jasmine riram quando viram a amiga ziguezaguear como se fosse uma abolha.

— Ela quer que a gente entre e conheça a rainha — traduziu Ellie.

— Vou deixar vocês bem pequenas para entrar — disse Trixi.

A fada deu uma batidinha no anel e cantarolou:

O Vulcão Borbulhante

– Para entrar na colmeia e tudo ver,
o tamanho de abolhas vocês vão ter!

Aos poucos, as meninas se viram cada vez menores e menores, até a colmeia ficar muito maior que elas. Seguiram a abolha que entrou zumbindo na porta hexagonal. Dentro da colmeia, as paredes eram todas cobertas de mel dourado e um delicioso aroma pairava no ar.

– Por aqui – dançou a abolha. – A rainha está na corte.

O bichinho voador as levou por uma série de corredores estreitos e retorcidos até um pequeno cômodo hexagonal.

Em uma das extremidades, havia um pequeno trono dourado com uma enorme abolha sentada nele. Tinha na cabeça uma coroa minúscula contornada por hexágonos. Ela zumbiu surpresa quando viu as meninas.

Então, a abolha ferida começou a dançar na frente dela.

— Trouxe algumas visitantes, Vossa Majestade — ela anunciou à rainha.

— Ela está contando sobre nós e sobre os Morceguinhos da Tempestade — Ellie explicou para as outras, que observavam a pequena abolha girar e sacudir na frente da rainha.

Quando ela terminou, a rainha virou os grandes olhos para as meninas e se levantou do trono batendo as asas. Ela começou a dançar:

O Vulcão Borbulhante

– Esta abolha me contou que vocês a salvaram – disse ela. – Sou muito grata.

– Você pode falar por todas nós, Jasmine, afinal, é quem dança melhor! – disse Ellie, depois de ter traduzido os movimentos da rainha. Ela entregou o chifre de unicórnio para Jasmine.

– Vossa Majestade, viemos pedir sua ajuda – explicou Jasmine, sacudindo o corpo de um lado para outro. – O rei Felício está em apuros.

– O rei Felício? – repetiu a rainha.

Em alguns passos, Jasmine contou tudo o que tinha acontecido.

– Precisamos muito de alguns favos de mel de abolhas para a poção-antídoto – ela finalizou com um rodopio.

– Eu adoraria dá-los a vocês, mas sobrou apenas um e precisamos dele para manter viva a nossa mágica de abolhas.

A rainha ergueu um frasco de vidro onde havia um único pedacinho de favo de mel. Esse

Abolhas

favo parecia diferente do mel dourado que havia no resto da colmeia: era de uma cor dourada mais escura e tinha pequenos pontinhos roxos e azuis, como pedaços de pétalas de flores. O favo de mel reluziu bem de leve por um momento e depois o brilho desvaneceu.

— Faz um tempo que não conseguimos fazer novos favos de mel — explicou a rainha. — Eles só podem ser feitos usando flores-de-mel e flores das cerejeiras-das-montanhas. Antes havia flores-de-mel por todo o Vulcão Borbulhante, mas a cada ano elas se tornam mais raras. Este ano não conseguimos encontrar nenhuma — ela suspirou.

— Não tem nada que a gente possa fazer? — perguntou Jasmine com um pulinho e um arrasto de pernas.

— Quem dera pudéssemos ajudar vocês! — disse a rainha. — Mas, a menos que a gente encontre algumas flores-de-mel, não vamos conseguir fabricar mais nenhum favo.

O Vulcão Borbulhante

Jasmine traduziu a fala para as outras.

— Ah, não! — gritou Trixi. — O que vamos fazer? Não podemos deixar o rei Felício se transformar em um sapo fedido!

— Nós só precisamos encontrar algumas flores-de-mel! — disse Jasmine, determinada. — Elas ainda devem crescer em algum lugar.

— Vamos ter que procurar por todo o vulcão até encontrá-las — concordou Ellie, preocupada.

Abolhas

– Como essas flores são? – Jasmine perguntou à abolha-rainha.

– Flores-de-mel são azuis com pétalas pontudas cobertas de minúsculos pontinhos roxos – zumbiu a rainha. – Normalmente crescem perto de lagos e margens de rio.

Jasmine traduziu para as outras, então disse, já correndo para a saída:

– Se as flores-de-mel crescem perto da água, então é onde vamos começar. Venham! Não temos tempo a perder!

O Vulcão Borbulhante

Um problema resolvido!

— Espere! — disse Ellie de repente, parando Jasmine no caminho. — Como a rainha falou mesmo que eram as flores-de-mel?

— Azuis com pontinhos roxos — lembrou Summer.

— E elas crescem perto de margens de rios? — perguntou Ellie.

O Vulcão Borbulhante

— Crescem — disse Jasmine. — Por quê?

Ellie correu até Clara e começou a mexer na mochila da exploradora.

— Flores azuis com pontinhos roxos... — murmurou para si mesma. — Eu sabia! — ela gritou.

Ellie tirou as flores de dentro da mochila de Clara e segurou-as no alto para todas verem.

— Olhem! Algumas dessas flores são azuis com pontinhos roxos! E a Clara as pegou perto da margem do rio, no pé do vulcão!

— Incrível! — comemorou Jasmine. — Vamos perguntar à rainha se estas são as flores certas — ela entregou o chifre de unicórnio a Ellie.

— São estas as flores-de-mel, Vossa Majestade? — dançou Ellie, mostrando as flores.

Um problema resolvido!

As meninas não precisavam segurar o chifre de unicórnio para entender a felicidade na resposta da abolha-rainha. Ela se levantou do trono e dançou com alegria antes de pegar as flores de Ellie.

Mas então Clara saltou na direção da abolha-rainha e apanhou as flores de volta.

– Minhas! – declarou. – São lindas!

– Ela está muito confusa – Ellie explicou à rainha. – A rainha Malícia lançou um feitiço para que ela não conseguisse nos mostrar o caminho até a colmeia.

– Ah! – gritou Summer. Seus olhos reluziam. – Só que a gente pode dar um jeito nisso! Você não se lembra, Ellie? A rainha Malícia disse que a Clara ficaria confusa até ouvir o canto da abolha-rainha.

– É isso mesmo! – disse Ellie, sem fôlego. – Vossa Majestade poderia cantar para a Clara? Tenho certeza de que ela deixará vocês ficarem com as flores-de-mel.

O Vulcão Borbulhante

A abolha-rainha concordou, sorrindo.

Ellie passou o chifre de unicórnio para Clara e depois ela, Jasmine, Summer e Trixi colocaram um dedo nele para também poderem ouvir a rainha cantar.

A rainha voou até Clara e girou em torno dela. Depois ergueu o frasco com o favo de mel e começou a cantar numa linda voz aguda:

– Com flores-de-mel e botões de cerejeira eu farei os favos de mel para acabar com o feitiço do rei.

O favo brilhou mais e mais com a canção da rainha. A luz dourada envolveu Clara.

Depois que a abolha-rainha terminou de cantar, Clara segurou a cabeça. Piscou várias vezes e olhou em volta.

– Minha nossa, estou me sentindo estranha! – disse ela, zonza. – Estou sonhando? Estou mesmo na colmeia das abolhas?

Um problema resolvido!

— O feitiço da rainha Malícia está passando! — exclamou Ellie.
— Sim, você está mesmo na colmeia das abolhas — confirmou Jasmine. — A rainha Malícia

jogou um feitiço para que você ficasse confusa demais para nos mostrar onde estava a colmeia. Mas conseguimos encontrá-la mesmo assim.

— Graças à nossa nova amiga abolha — falou Summer, afagando o pelo fofo cor-de-rosa e roxo da pequena abolha ferida.

— E esta é a abolha-rainha — explicou Jasmine, apontando para a rainha, que estava sentada no trono.

Clara prendeu a respiração e fez uma profunda reverência.

— Ela precisa das flores-de-mel que você colheu para fazer os favos de mel que usaremos na poção-antídoto para curar o rei Felício — informou Trixi.

— Você vai dar as suas flores para ela, não vai, Clara? — questionou Summer.

— Sim, claro! — Clara passou as flores para a rainha, ainda segurando o chifre de unicórnio na outra mão. — Vossa Majestade pode ficar com quantas quiser.

Um problema resolvido!

A rainha zumbiu muito contente.

— Seria maravilhoso! — ela fez uma dancinha animada.

— Não acredito que estou mesmo na colmeia das abolhas! — comentou Clara, olhando em volta. — Isto é incrível!

Ela fez uma reverência para a rainha e dançou alguns passos delicados, dizendo:

— É uma honra conhecer Vossa Majestade. Faz bastante tempo que tenho procurado vocês. Sempre sonhei em estudar as abolhas e sua colmeia bem de perto.

O Vulcão Borbulhante

— Você gostaria de ficar com a gente um pouquinho? – perguntou a rainha.

— Ah, sim! – respondeu Clara, entusiasmada. – E vou mostrar a vocês onde eu encontrei as flores-de-mel. Há várias delas crescendo perto da margem do rio na base do vulcão!

A rainha voou até Summer, entregou-lhe o frasco com o pedaço de favo de mel e começou a dançar. Clara segurou o chifre de unicórnio para que Trixi e as meninas o tocassem, para que todas elas pudessem ouvir o que a rainha estava dizendo.

— Vocês podem usar este favo de mel para fazer a poção-antídoto para o rei Felício – disse a rainha. – Com as flores que a Clara encontrou, poderemos fazer favos de mel suficientes para manter nossa mágica de abolhas viva por um bom tempo.

Trixi fez uma reverência em cima da folha.

— Muitíssimo obrigada.

Um problema resolvido!

— E há favo de mel aí o suficiente, se cada uma de vocês quiser provar um pouquinho – disse a rainha.

— Ah, sim, por favor! – todas responderam, animadas.

Summer colocou a mão no frasco, cortou pedacinhos de favo de mel para todas e distribuiu.

Ellie mordeu o seu pedaço e sentiu o sabor explodir na boca. Era uma combinação de caramelo e mel. Uma das coisas mais deliciosas que ela já havia provado.

— Hmmmm!

— É delicioso! – exclamou Jasmine.

— Uau! – elogiou Trixi, dando um giro em cima da folha.

Jasmine guiou as demais em uma dancinha de agradecimento às abolhas. Todas pularam para trás e sacudiram para a esquerda.

— Que bom que gostaram – zumbiu a rainha. – Só espero que tenham a mesma sorte

O Vulcão Borbulhante

para encontrar o restante dos ingredientes.

— Muito obrigada — disse Ellie. — Eu queria que a gente pudesse ficar aqui mais um pouquinho com Vossa Majestade e Clara, mas temos que voltar logo e levar este favo de mel para Maybelle começar a preparar a poção-antídoto.

— Você pode fazer uma magia para nos levar de volta ao Palácio Encantado, Trixi? — perguntou Jasmine.

Um problema resolvido!

— Mas é claro — respondeu a fadinha. Com uma batidinha no anel, ela cantarolou:

— Boas amigas, voem para o feitiço controlar,
antes que o rei Felício possa piorar.

— Adeus! — Jasmine, Summer e Ellie se despediram de seus novos amigos quando um clarão roxo as envolveu. Elas fecharam os olhos e começaram a girar num redemoinho. Quando os abriram de novo, tinham pousado no salão de baile do palácio.

A festa continuava a todo vapor. Os elfos e as fadas ainda dançavam, animados. Maybelle voava em volta do rei Felício, que estava sentado no trono.

— Só não entendo por que estou com esta tosse tão ruim — as meninas ouviram o rei dizer. — Queria que passasse... *REBBET!*

O Vulcão Borbulhante

— Calma, calma – pediu Maybelle. – Logo passa. Por que Vossa Majestade não vai dançar um pouco para se divertir na festa?

O rei Felício foi até a pista, mas, em vez de dançar, começou a saltar para lá e para cá como um sapo!

— Minha nossa – lamentou Ellie. – Precisamos mesmo encontrar os outros ingredientes o quanto antes!

Summer e Jasmine concordaram balançando a cabeça com nervosismo.

Maybelle se aproximou delas voando sobre a folha.

Um problema resolvido!

– Trouxemos o favo de mel de abolhas, tia Maybelle! – anunciou Trixi.

– Ótimo! – disse a tia, aliviada. – Vou consultar meus livros e descobrir qual é o próximo ingrediente.

– Assim que Maybelle encontrar o que precisamos, vou enviar uma mensagem para vocês na Caixa Mágica – Trixi explicou às meninas. – Por enquanto, é melhor nos despedirmos.

Trixi beijou cada uma delas na ponta do nariz e conjurou um redemoinho. Ele elevou as meninas do chão e as fez rodopiar e rodopiar em uma nuvem dourada cintilante e as devolveu ao quarto de Ellie. Pousaram no tapete. A Caixa Mágica estava no chão ao lado delas.

– Minha nossa! – disse Jasmine. – Que aventura nós tivemos!

Ellie concordou.

O Vulcão Borbulhante

— Mal posso esperar até a gente voltar! Qual será o próximo ingrediente que teremos que encontrar?

— E em que lugar do Reino Secreto vamos procurar por ele? – acrescentou Summer.

Um problema resolvido!

— Não importa onde seja, quero voltar logo para ajudar o pobre rei Felício — comentou Jasmine.

Um brilho percorreu o espelho da Caixa Mágica. As meninas trocaram olhares entusiasmados. Essa aventura podia ter acabado, mas a próxima já estava logo ali!

Na próxima aventura no Reino Secreto,
Ellie, Summer e Jasmine vão visitar

A Confeitaria Doçura!

Leia um trecho...

Um presente de aniversário

Era um lindo dia de verão. O céu azul estava salpicado de nuvens fofas, e o sol brilhava no Parque Valemel, que estava lotado de pessoas alimentando os patos e passeando com seus cãezinhos. A mãe de Summer Hammond estava arrumando um piquenique de aniversário para Finn, um dos irmãos mais novos da menina.

– Não está fazendo um dia lindo? – Summer perguntou às duas melhores amigas, Jasmine Smith e Ellie Macdonald.

Jasmine concordou com a cabeça, o que fez os cabelos do seu rabo de cavalo escuro pularem para cima e para baixo.

— Está uma tarde perfeita para um piquenique de aniversário!

— Vamos ver os patos — sugeriu Summer.

— Esperem. Sua mãe está chamando a gente — Ellie apontou para a senhora Hammond, que acenava em meio a um mar de toalhas de piquenique coloridas.

As garotas correram para ver o que ela queria.

— Meninas, vocês podem me fazer um favor? — perguntou a senhora Hammond. — Eu preciso de uma ajudinha com uma das brincadeiras da festa. Vocês podem esconder estas estrelas antes que o Finn e os amigos dele cheguem? Depois, quando estiverem todos aqui, eles vão sair para procurar as estrelas.

De dentro de uma das cestas de piquenique, ela pegou uma sacola de estrelas prateadas feitas de papelão.

– Claro, mãe – respondeu Summer.

– Não vão muito longe e não escondam as estrelas perto demais da lagoa dos patos. A gente não quer que ninguém caia lá dentro, né! – disse a senhora Hammond, sorrindo.

As meninas pegaram a sacola e saíram pelo parque.

– Está bem, vamos dividir as estrelas e cada uma de nós esconde algumas – combinou Jasmine, antes de entregar um punhado de estrelas para Ellie e outro para Summer.

As três meninas saíram correndo para lados diferentes e foram escondendo as estrelas nos arbustos e nos troncos ocos, em bancos e perto dos canteiros de flores. Por fim, só faltava esconder uma última estrela.

— Onde será que devo colocar esta aqui? — perguntou Summer. Ellie e Jasmine vinham andando atrás dela.

— Que tal ao lado daquele banco, próximo da lagoa? — sugeriu Ellie. — Não é muito perto da água.

Elas todas correram até lá. Jasmine afastou uma folha comprida de grama e se abaixou para esconder a estrela embaixo do banco. De repente, ela ouviu um coaxar bem alto, e um sapo pulou dali! Jasmine deu um gritinho e saltou para trás.

Ellie caiu na risada.

— Jasmine, é só um sapo!

— Eu sei, mas levei um susto! — Jasmine deu um risinho.

— Coitadinho — disse Summer, observando a pequena criatura sair dali aos pulos. — Aposto que ficou mais assustado do que você, Jasmine!

Meio tristonha, Summer observou o sapo se afastar pulando. O animalzinho a fez lembrar do amigo delas, o rei Felício, governante de um lugar incrível chamado Reino Secreto. As meninas descobriram esse lugar depois de terem encontrado no bazar da escola uma linda caixa de madeira entalhada e de a terem levado para casa. A caixa as transportou ao Reino Secreto, onde elas desfizeram as confusões que a rainha Malícia, a horrível irmã do rei Felício, tinha provocado por lá assim que os súditos do reino decidiram que queriam o rei Felício como governante, e não ela. Com a ajuda da amiga fadinha, Trixi, as meninas conseguiram quebrar o feitiço da rainha Malícia e salvar o reino, só que agora a rainha tinha envenenado o rei Felício com uma poção terrível que, aos poucos, o estava transformando num sapo fedido!

— Espero que o pobrezinho do rei Felício esteja bem — falou Summer, preocupada.

— Vocês acham que ele está começando a se parecer com um sapo? — perguntou Jasmine.

— Ah, espero que não — disse Ellie. — Se ao menos a gente soubesse qual é o próximo ingrediente da poção-antídoto!

Elas sabiam que a única chance de curar o rei Felício era fazer uma poção-antídoto especial a partir de seis ingredientes raros. Jasmine, Summer e Ellie já tinham encontrado o primeiro ingrediente, o favo de mel de abolhas, mas faltavam ainda cinco itens.

— A rainha Malícia é muito má — comentou Jasmine, irritada. — Não acredito que ela está transformando o próprio irmão em um sapo, e tudo porque ela quer governar o Reino Secreto.

— Eu nunca faria isso com meus irmãos!
— declarou Summer.

— Mesmo depois que o Finn colocou minhocas na sua cama? — perguntou Jasmine.

— Bom... Talvez eu o transformasse num coelhinho fofo, mas não em um sapo fedido!
— Summer riu.

— Suuuummer! — a senhora Hammond chamou. — O Finn chegou!

Summer olhou para a aréa das árvores e avistou Finn se aproximando com os amigos. Ela resolveu guardar para depois os pensamentos sobre o Reino Secreto.

— Venham! — ela convidou Ellie e Jasmine.
— Parece que a festa vai começar!

Finn e seus amigos se divertiram a valer na comemoração. Eles brincaram de batata-quente e de estátua, depois saíram para caçar as estrelas prateadas.

– Não sumam de vista! – alertou a senhora Hammond assim que os meninos começaram a correr dali.

– Não se preocupe, mãe – falou Summer. – Vamos ficar de olho neles!

Jasmine, Summer e Ellie correram atrás dos meninos e garantiram que eles não se afastassem demais. Depois de alguns minutos, os garotos já haviam encontrado quase todas as estrelas. Summer, Ellie e Jasmine se reuniram para observar Finn e seus amigos caçarem as últimas estrelas.

– Vamos dar uma olhada na Caixa Mágica enquanto todo mundo está ocupado – sugeriu Ellie com um sussuro. – Você a trouxe, Jasmine?

– É claro que trouxe! – Jasmine tirou a linda caixa de sua mochila.

As laterais eram cobertas com entalhes de sereias, unicórnios e outras criaturas mágicas, e seis pedras preciosas verdes circundavam o espelho da tampa. Jasmine esfregou a superfície reluzente da caixa e desejou com todas as forças que ela as levasse mais uma vez para o Reino Secreto.

Leia

A Confeitaria Doçura!

para descobrir o que acontece depois!

O Reino Secreto